Klabund

Die Krankheit; Eine Erzählung

in Großdruckschrift

Klabund

Die Krankheit; Eine Erzählung

in Großdruckschrift

Reproduktion des Originals.

1. Auflage 2023 | ISBN: 978-3-38708-826-7

Megali Verlag ist ein Imprint der Outlook Verlagsgesellschaft mbH.

Verlag: Outlook Verlag GmbH, Zeilweg 44, 60439 Frankfurt, Deutschland
Vertretungsberechtigt: E. Roepke, Zeilweg 44, 60439 Frankfurt, Deutschland
Druck: Books on Demand GmbH, In de Tarpen 42, 22848 Norderstedt, Deutschland

DIE KRANKHEIT

EINE ERZÄHLUNG

VON
KLABUND
1917

KAPITEL I.

„Sie sind also nur deshalb hierhergekommen, um zu sterben?" sagte der junge Deutsche und lief, die Hände in den unteren Taschen seiner kamelhaarbraunen Sportweste, aufgeregt und hustend durch den Zigarettenqualm.

„Weshalb sonst?" sagte Sybil, die rauchend auf dem Bett lag, schlank und blond.

„Scharmant, scharmant", wisperte der kleine Japaner, der oben im Sanatorium Beaurivage Assistentendienste versah, und hielt ein blaues Speiglas, auf dem eine sonderbare Tabelle angebracht war, gegen das Licht.

„Zehn Kubikzentimeter Auswurf", lächelte er, von irgendeiner inneren Fröhlichkeit betroffen.

Er sprach fließend Deutsch und fließend Portugiesisch und gab sich zuweilen, wenn es nötig schien, als Portugiese aus. Er unterhielt geheime Beziehungen zu dem Dienstmädchen des portugiesischen Konsuls. Das war eine dicke Schwyzerin aus Bern, die wie geknetet aussah. An Stelle einer Kuhglocke trug sie eine Doublémedaille um den fettigen Hals, die das Bild des kleinen Japaners — in seiner seidenen und faltenreichen Nationaltracht — in sich verbarg.

„Ich habe früher nur dunkle Frauen geliebt," sagte der junge Deutsche und sah durch die Balkontür in den stürmenden Schnee, „Frauen mit schwarzen Haaren und schwarzen Augen. Als ich selber noch im Dunkeln tappte mit meinen neunzehn, zwanzig Jahren. Dann wurde es licht in mir. Ich liebte eine Frau mit braunen Haaren und Hirschaugen. Dann eine mit roten Haaren und beinah blauen Augen, die violett glänzten. Meine Freunde verspotteten mich mit ihr und meinten, sie hätte neben ihren roten Haaren auch rote Augen, und ich liebte ein Kaninchen. — Endlich wurde es ganz hell um mich. Die Sonne ging auf. Rasend blond aus einem Himmel blauer Blicke. Ich sah in den Mittag meines Lebens. Blauer Himmel, holde Sonne, warum wollen Sie mir nicht glauben, Sybil, daß Sie mein Tag sind?"

„Oh!" Sybil wehrte leise ab. Sie schlug die Asche ihrer Zigarette auf den Bettvorleger.

Der kleine Japaner stellte die blaue Flasche auf den Nachttisch und tanzte in eine dunkle Ecke des Zimmers. Man hörte ihn lachen: wie einen fremdartigen Wasservogel.

Er unterhielt sich in seiner zischenden Sprache mit dem ausgestopften Papagei.

Der bleiche bulgarische Offizier, der gekrümmt auf einem Hocker saß und in den Boden starrte, räusperte sich.

Er hatte beide Balkankriege mitgemacht; die Schlacht bei Lüleburgas; die Belagerung von Adrianopel; den Stellungskampf an der Tschataldschalinie. Niemand durfte in seiner Anwesenheit vom Krieg sprechen. Ihm trat sofort der Schaum auf die Lippen.

Als Professor Ronken, der Weißbart mit dem Rotkehlchenkopf, ihn das erstemal untersuchte und mit seinem eleganten weichen Hammer beklopfte, fiel er in Ohnmacht in dem Augenblick, als Dr. Froidevaux von einer chirurgischen Operation kommend, den weißen Mantel ein wenig mit Blut bespritzt, das Zimmer betrat.

„Sybil," sagte der Bulgare, „es wäre schlimm, wenn Sie stürben. Sylvester Glonner hat recht. Sie sind unsere blonde Sonne. Bei Ihnen im verqualmten Zimmer zu sitzen wärmt mehr, als auf der Liegehalle in der Mittagssonne schläfrig zu liegen. Die Davoser Sonne macht schläfrig. Sie machen wach."

Er fiel auf seinen Hocker zurück.

Der junge Deutsche lehnte sich schwerfällig an den weiß polierten Schrank. Er erinnerte sich eines Verses von Hölderlin: Wo bist du? Trunken dämmert die Seele mir von aller deiner Wonne.

„Wo bist du?" sagte er laut.

Der Japaner lachte.

Sylvester war, als hätte ein Blick von Sybil ihn flüchtig gestreift. Wie ein warmer Wind. Der Bulgare sah auf die Uhr:

„Ich muß zur Liegekur. Es geht auf sechs." Er klapperte an seinem Krückstock ohne Gruß zur Tür hinaus.

Der kleine Japaner schwebte freundlich hinter ihm her.

„Sie bleiben allein", sagte Sylvester.

„Wie immer …"

Sie blies den Zigarettenrauch in wahllosen Ornamenten zur Decke.

Er gab ihr die Hand und ging.

KAPITEL II.

Davos lag in der Abenddämmerung wie eine amerikanische Stadt am Rande der Rocky mountains … am Rande der Welt … Wie improvisiert, zum Abbruch jederzeit bereit, waren die großen Sanatorien und Hotels mit ihren funkelnden Liegehallen da und dort und kreuz und quer im Tal und an den Berglehnen errichtet. Obgleich sie selten über vier Stockwerke zählten, schienen sie mit den himmelauf kletternden Lichtern der Liegehallen Wolkenkratzer.

Ernste Deutsche, flüchtige Italiener, behäbige Holländer, zwitschernde Brasilianer, duftende Französinnen, dunkle Russen wandelten im gleichmäßig getragenen Kurschritt des Kranken über die Promenade. Von der Post am Kurhaus und den glitzernden Läden vorbei bis zum Grand-Hotel Belvedere und wieder zurück.

Hin und wieder raste ein Engländer mit eiligen Skischritten, oder ein Amerikaner, einen Skeleton wie einen Hund hinter sich herzerrend, über die Straße.

Aus den verhangenen Fenstern des Restaurants Kolbinger tönte Zigeunermusik. Ein schattenhafter Frack schwang eine graue Geige. *„Soupers de luxe en commande"* blinkte in goldenen Lettern unter der grau hüpfenden Geige.

Dr. Ronken, der Weißbart mit dem Rotkehlchenkopf, fuhr in seinem schlanken Schlitten, sorgfältig in Heidschnuckenpelze gehüllt, einen grüngestreiften Schal vorm Mund, königlich über die Promenade. Er war seit dreißig Jahren in Davos ansässig und nunmehriger Chefarzt und alleiniger Besitzer des renommierten und wohlflorierenden Sanatoriums Beaurivage, welches oben am Walde, dicht beim Rütiweg gelegen ist. Er war selber einmal krank gewesen und hatte sich nach seinen Prinzipien in neunjähriger Kur ausgeheilt.

Seine Patienten und Patientinnen, die ihn fürchteten und beim Abschied von Davos seine Photographie bei Herrn Photographen Guardawal für drei Franken kauften, verschwanden keuchend und ängstlich kichernd in verschiedenen Läden und Konfiserien, um nicht von ihm gesehen zu werden. Eigentlich hätten sie nach seiner Vorschrift schon Liegekur machen müssen. —

Sylvester trat in das Kurhauscafé, um Zeitungen zu lesen. Er hatte sich kaum in die Neue Züricher Zeitung vertieft, als Pein an seinen Tisch trat, Alfons Pein, der bekannte lungenkranke Lyriker und Verfasser der Bühnenmysterien „Kain und Abel" und „Golgatha". Sein Leben und Dichten bestand in undeutlichen, verquollenen und verschwommenen Phantasien, die er mehr oder weniger geschickt aufzeichnete und denen ethische Gedanken unterzulegen er sich krampfhaft bemühte.

Pein hatte eine vorzügliche Kur gemacht und war eigentlich schon seit fünf Jahren gesund. Er hätte, ohne Schaden an seiner fanatisch behüteten neu errungenen Gesundheit zu nehmen, ins Tiefland zurückkehren können. Aber er fühlte wohl, daß er nur hier oben noch eine Rolle spielte, wo er, von den Kurgästen interessiert beobachtet, von den Kellnerinnen belächelt, im Kurhauscafé an seinem

Stammplatz Hunderte von kleinen blauen Oktavheftchen mit schlechten Versen und verwirrter Prosa versah. „Ich bin nun mal an Höhenluft gewöhnt", schnaubte er und in seine Augen trat ein leerer, kindlicher Glanz.

Pein, der von sich behauptete, daß er in vielerlei Künsten weit über das Mittelmaß emporrage und daß man ihn nicht völlig kenne, wenn man ihn nur als Dichter kenne: denn er malte, musizierte, bildhauerte ... hatte sich früher einmal als Schauspieler und Regisseur betätigt (dazumal aus Geldmangel: aber dieses Motiv war bei ihm in Vergessenheit geraten) und gedachte dieses Metier im Davoser Kurtheater wieder aufzunehmen.

„Wird sie spielen?" fragte er Sylvester.

„Leider", sagte Sylvester und bestellte einen Vermouth.

Pein streifte sich seine unförmigen Überschuhe herunter und wischte sich mit einem kleinen Spitzentaschentuch seine blaue Schneebrille ab.

„Melange!" schnaubte er. „Die Sehnsucht jedes Schauspielers ist, auf der Bühne zu sterben. Vielleicht jedes Menschen. Ich habe viele Menschen sterben sehen. Der Todeskampf eines jeden einzelnen war ein Schauspiel. Sie wird auf der Bühne sterben wollen ..."

Ein merkwürdiger Träumer, dachte Sylvester. Er verwest in sich, und das nennt er Romantik.

„Der Tod der Schwindsüchtigen ist dramatisch wie ihr Leben.“

Pein saugte an einem Stück Zucker, das er mit dem Löffel behutsam in den Kaffee getaucht hatte.

„Die Schwindsüchtigen sind alle Theatraliker“, sagte Sylvester.

Peins strohbrauner Bart knisterte.

„Dramatiker!“

„In Ihrem Sinne …“ gab Sylvester lächelnd zu.

Peins Augen erloschen, als habe jemand das Licht in ihnen abgeknipst.

„Die Schwindsucht ist überhaupt keine Krankheit. Sie ist ein Zustand des Leibes und der Seele. Ich wollte schon längst einmal eine Psychoanalyse der Schwindsucht schreiben.“

„Tun Sie das.“ Sylvester rief der Kellnerin „Zahlen!“

KAPITEL III.

Sylvester bewohnte in der Pension „Schönblick", Davos-Dorf, ein schmales Südzimmer mit Privatbalkon im ersten Stock. Die Pension stand am Wald, dicht vor dem Ausgang der Schatzalpbobbahn. Sie wurde preiswert und hygienisch geführt von dem Ehepaar Paustian, zwei alten Davosern, die vor Jahren schwerkrank ins Tal kamen und sich nach Besserung ihres Leidens dauernd in Davos niederließen. An dem Ehepaar Paustian hatte Dr. Ronken seinerzeit zuerst den Pneumothorax erprobt, als sie noch seine Patienten im Sanatorium Beaurivage waren, den Pneumothorax, jene nunmehr allgemein bekannte und bewährte Vorrichtung, durch die, bei Gesundheit der einen Lunge, die zweite kranke Lunge zum Einschrumpfen und Absterben gebracht wird.

In der Pension „Schönblick" wurde das Ehepaar Paustian deshalb mit einem gewissen gütigen Spott Pneumo und Thorax benannt. Sie waren beide von jener Art Lungenkranker, die die Krankheit durchsichtiger, gläserner und gleichsam innerlicher gewandelt hat.

Sylvester sprach gern mit dem Thorax, mit dem ihn die Freude des geistigen Kranken an Büchern verband.

Thorax, seinem ehemaligen Beruf nach deutscher Apotheker, schrieb in den wenigen Stunden, die er nicht Kur machen mußte, kleine literarische Betrachtungen über Schlegel, über J. Ch. Günther, über Gottfried Keller, kurz: über eine schöne, aber vergangene Literatur. Die Literatur der Gegenwart beglückte ihn wenig. Er las nur aus Höflichkeit Sylvesters Schriften, weil Sylvester sein Gast war. —

Sylvester kam grade zurecht, als die Pneumo das Gong zum Abendessen schlug.

Er wusch sich eilig, rieb sich die heiße Stirne mit Eau de Cologne und betrat den Speisesaal.

Die Löffel klapperten in der Suppe.

Die Unterhaltung war in vollem Gange. Die überlaute Frau Bautz, Operettensängerin a. D. und wie alle Artisten aus Sachsen stammend, schrie in ihrer unangenehmen Sprache über den Tisch den Leutnant Rätten an:

„Haben Sie nicht einen abgelegten Sportanzug für meine nächste Hosenrolle?"

Leutnant Rätten besprach mit dem schwäbischen Violinvirtuosen Krampski Toilettenfragen und die Mode des eleganten Herrn.

„Man bekommt keinen anständigen Anzug in Davos. Ausgeschlossen. Nicht für teures Geld. Ich brauche einen blauen Sakkoanzug, einen neuen Frack, eine englische Reithose. Haben Sie meinen Frack gesehen? 180 Franken hat er gekostet. Bei dem Davoser Tailleur Shoping Sons. In den Dreck geworfen sind die 180 Franken.“

Frau Bautz, welche nur das Wort Dreck gehört und mißverstanden hatte, schnörkelte die Lippen:

„Ich bin ganz weg von Ihrem Frack, Herr Leutnant.“

„Ich habe einen Schneider in Basel,“ sagte Krampski, „ich habe in jedem Land der Welt einen Schneider. Ich werde ihn nach Davos kommen lassen. Ich brauche einen Cutaway. Wollen Sie partizipieren?“

Er sagte partizipieren, weil das ein Wort war, welches in Offizierskreisen bei derlei Angelegenheiten üblich sein mochte.

„Ich gehe außerordentlich gern auf Jagd“, krähte der naturwissenschaftliche Oberlehrer. „Die Jagd bereichert die Kenntnisse des Menschen von der Natur. Neulich hab ich eine Ricke geschossen, die hatte ein unausgetragenes Junges im Leib.“

„Fabelhaft!“ sagte Herr Klunkenbul. „Da haben Sie also eine Dublette zur Strecke gebracht!“

„Es ist verboten, Ricken zu schießen“, sagte der Leutnant, leise verweisend.

„Ricke — was ist das?“ fragte die hübsche Russin.

„Ein weibliches Reh“, sagte Sylvester. —

Er spricht mit mir, lächelte sie in sich hinein. —

„Ich angle lieber“, die Operettensängerin wiegte sich in ihren Hüften. Sie sang die drei Worte wie einen Coupletrefrain.

„Aber mit künstlichen Mücken“, sagte der Thorax. Der alte Herr Klunkenbul, Xylograph aus Braunschweig, ließ einige asthmatische Vokabeln aus seinem weißen Bart fallen; der stand wie eine beschneite Tanne im Hochwald seines Gesichts:

„Davos ist im Glanz der funkelnden Wintersonne die reine Märchenwelt.“

Man schien ihn nicht gehört zu haben und er wiederholte eigensinnig:

„... die reine Märchenwelt ...“

„Der Monismus ist eine bedauerliche Zeiterscheinung“, sagte Sylvester und wandte sich ernst an Herrn Klunkenbul.

„Wie meinen Sie?“ Herr Klunkenbuls Bart öffnete sich erstaunt.

Der naturwissenschaftliche Oberlehrer hatte nur das Wort Monismus vernommen.

„So glauben Sie nicht an Häckel und an seine wunderbaren Forschungsresultate?“

„Ich glaube immer noch lieber an Gott“, sagte Sylvester.

Der naturwissenschaftliche Oberlehrer prustete überlegen. Herr Klunkenbul, der streng protestantisch gesinnt war, rief „Bravo!“ und prostete Sylvester zu.

Die hübsche Russin Agafja warf wie bunte Glasperlen strahlende Augen auf Sylvester.

Er ist ein Dichter, dachte sie, ein deutscher Dichter — aber ein Dichter, und sah Sonne, Mond und Sterne ihn umwandeln.

Und während sie sich eine Mandarine schälte, sagte sie leise ein paar russische Verse:

Wenn der Dichter träumt, weinen die Mädchen,

Und im Morgenrot liegt die Blüte ihres Herzens betaut.

KAPITEL IV.

Nach dem Essen trat die Pneumo an Sylvester heran.

„Sie spielt. Haben Sie es gelesen? Der Zettel an den Affichen schillert in allen Regenbogenfarben.“

„Der bunte Zettel wird sie freuen“, sagte Sylvester. „Sie wird an ihren toten Papagei denken.“

„Aber finden Sie ihren Plan nicht wahnsinnig?“

„Sie fiebert in einem fort. Aber man kann ihr nicht raten. Man *darf* ihr nicht raten. Hören Sie.“

„Wer spielt denn den Mann?“

„Der Mystiker, Herr Pein“, sagte Sylvester.

„Und den Bruder?“

Sylvester zögerte.

„Es ist nicht ausgeschlossen, daß *ich* ihn spiele. Aber bitte schweigen Sie noch davon. Auch der Bulgare möchte ihn spielen. Sogar der kleine Japaner.“

„Ich habe früher viel auf Dilettantenbühnen agiert,“ sagte der Thorax nachdenklich, „als ich noch in deutschen Mittelstädten Pepsinwein verkaufte. Ob ich es nicht wieder einmal versuche?“

Die Pneumo streichelte seine Schulter.

„Kind, leg dich zu Bett und probiere lieber, ob du dein Exsudat wegkurierst. Was hast du heute gegen 7 Uhr gemessen?“

„37,9“, sagte der Thorax beschämt.

„Also“, die Pneumo nahm ihn zärtlich bei der Hand. „Komm, du mußt zu Bett.“

Sylvester verneigte sich leicht.

Er mußte noch ein paar Minuten an die frische Luft. Er spürte Kopfweh.

Er ging die Schiastraße entlang.

Der Leutnant streifte ihn. Er strebte in die Bar, zu Kolbinger.

„Sekt!“ sagte er strahlend.

Sylvester fühlte Schritte hinter sich im weichen Schnee. Ein harter Ellenbogen stieß in seine rechte Hüfte.

Er drehte den Kopf.

Ein Mädchen in blauer Sportjacke, mit einer blauen Mütze auf dem Kopf, sah ihn an.

„Kenne ich Sie?“ fragte Sylvester.

„Nein“, sagte das Mädchen trotzig.

„Haben Sie mich mit Absicht Ihren Ellenbogen fühlen lassen?“

„Ja“, sagte das Mädchen und sah ihn wieder an.

„Was wollen Sie von mir?“

Das Mädchen lachte leise:

„Sie!“

„Wie kommen Sie zu dieser Forderung an mich?“

„Ich habe das allergrößte Recht auf Sie.“

„Welches Recht?“

„Das Recht des Sterbenden.“

Sie traten unter eine Laterne.

Sylvester blickte in ihr hübsches, aber böses Gesicht. Ihr Atem durchschnitt die kalte Winterluft mit noch eisigerem Hauch. In ihrem Körper rasselte es wie ein Motor.

„Er schnurrt ab“, sagte das Mädchen. „Meine eine Lunge ist ganz weg. Und meine andere dreiviertel. Ich sterbe. Ich liege schon halb im Sarg. Nur mein Mund leuchtet noch im Leben. Ich habe solche Furcht vor der Einsamkeit. Küssen Sie mich!“

Eine Kokotte mit einem Greisenkopf, den üblen Hauch ihres verwesenden Mundes mit wildem Parfüm überduftend, hüpfte quer über die Promenade. Zwei junge und elegante Herrn liefen atemlos und hüstelnd hinter ihr her.

Sylvester und das Mädchen schritten den Rütiweg langsam empor.

Der Mond hing runzlig wie eine amerikanische Dörrfrucht im Dunst der Nacht.

An einer Bank hielt das Mädchen an.

„Es sind zwölf unter Null", sagte Sylvester.

„O," lächelte das Mädchen, „das macht nichts. Mir ist so warm als wären wir im August."

KAPITEL V.

Der Bulgare hatte Sylvester, Leutnant Rätten, den Literaten Pein und den kleinen Japaner zu sich ins Sanatorium zum Tee gebeten.

Natürlich machte jemand den Vorschlag, zu pokern.

Der Bulgare holte ein Spiel amerikanischer Karten mit dem Joker aus der Nachttischschublade.

„Warum haben Sie denn die Karten im Nachttisch?“ fragte Sylvester.

„Wenn ich nachts aufwache und nicht wieder einschlafen kann, muß ich etwas Interessantes zum Lesen haben. Dann betrachte ich mir die Karten.“

Man spielte 1 Frank Satz, 10 Frank Grenze.

Keiner sprach ein Wort.

Der Japaner glänzte kupfern.

Den Bulgaren strengte schon das Mischen so an, daß er hustete.

Der Japaner gewann in lächerlich kurzer Zeit einige hundert Franken. Er wollte sich empfehlen und einen ärztlichen Besuch vorschützen.

„Dageblieben“, brüllte Sylvester.

Der Japaner zuckte die Achseln und mischte.

Pein verlor in einem fort.

Er verlor über hundert Franken in einem einzigen Spiel an Sylvester, weil Sylvester sein Full-hand mit einem Damen-vierling übertrumpfte. Das gab eine Extrarunde mit doppeltem Satz. Eine sogenannte moralische Ehrenrunde.

„Vier Damen — ominös!" sagte Pein.

„Vier Damen sind weniger als eine", sagte Sylvester. „Aber nicht beim Poker."

Bei der moralischen Ehrenrunde wanderte von Geber zu Geber eine kleine unzüchtige Holzschnitzerei, japanischer Herkunft und dem Japaner gehörig, zwei männliche Figuren im widernatürlichen Beischlaf begriffen darstellend.

Der Japaner verlor.

Von ihm glitt das Geld zu Sylvester hinüber. Die Glocke im Sanatorium läutete zum Abendbrot. Der Bulgare klingelte und ließ sich das Essen auf dem Zimmer servieren.

Die übrigen verspürten wenig Hunger und sättigten sich eilig an den Kuchenresten, die vom Tee zurückgeblieben waren. Sie tranken dazu Danziger Goldwasser oder Allasch oder Curaçao.

Keiner wollte aufhören zu spielen.

„So gehen Sie doch", sagte Sylvester zu dem kleinen Japaner. „Sie wollten doch schon vor zwei Stunden gehen."

Der Japaner zuckte die Achseln und blieb.

Sylvester genoß das Spiel.

„Ein Abbild des Lebens“, sagte der Bulgare. „Wer gibt? Ich habe die schönsten Stunden meines Lebens am Spieltisch verbracht. Schönere als je mit Frauen.“

„Nur wer mit dem Gelde *spielt*, soll spielen“, sagte Sylvester.

Pein zupfte nervös an seinem Fransenbart. Er verlor noch immer.

„Ich werde meinen Verlust wieder einholen“, sagte er zitternd.

„Das werden Sie nicht“, trumpfte Sylvester seinen Zehnerdrilling mit einem Flush. „Sie sind nur noch hier in Davos möglich. Unten, in der Welt, haben Sie längst ausgespielt.“

Pein wimmerte erregter:

„Was soll das heißen? Erst neulich habe ich im Züricher Pfauentheater in der führenden Rolle eines meiner Stücke gastiert und großen Beifall gefunden.“

Der Japaner lachte wie ein fremdartiger Wasservogel.

„Der Fushijama muß jetzt ganz in Blüte stehen“, wisperte er, zu Sylvester gewandt. „So sagen wir, wenn er beschneit ist. Aber auf den Seen zu seinen Füßen blinkt ewiger

Sommer. Da gleiten die kleinen singenden Boote mit den Geishas und sie singen das süße Lied der Kirschenblüte.“

Es schlug ein Uhr.

Die letzten drei Runden wurden angesagt.

Als sie abrechneten, hatte nur Pein verloren: etwa fünfhundert Franken. Er suchte fluchend nach seinen unförmigen Überschuhen.

Sylvester verabschiedete sich rasch und schritt allein den Berg hinunter.

Der Schnee knirschte unter seinen Füßen. In dem Haus an der Promenade, in dem Sybil als einziger Pensionär wohnte, glänzte noch Licht. Als er näher an das Haus kam, erkannte Sylvester, daß das Licht in Sybils Zimmer brannte.

Sie liest noch, dachte er.

Sybil aber lag wach im Bett und betrachtete Sylvesters Photographie, die er ihr geschenkt hatte. Es war eine Amateuraufnahme des Bulgaren und sie zeigte Sylvester in Gebirgstracht: braune Kniehosen, brauner Janker, an das Geländer einer Waldbrücke gelehnt.

KAPITEL VI.

„Oh," sagte Sybil, „die Ärzte sind noch weit zurück mit ihrer Wissenschaft. Statt zu versuchen, individuell den Kranken zu heilen, wollen sie immer generell und schematisch die Krankheit heilen. Eine Krankheit ist aber stets ein theoretischer Begriff und wie Geld nur von relativer Gültigkeit. Wirklich ist nur der Kranke. Sein Fleisch und Blut. Das von den Medizinern nicht weniger als von den Juristen und den Philologen mit Paragraphen dirigiert werden will."

„Welch ein Unfug, die rein chirurgische Behandlung des Krebses!" sagte der kleine kluge Japaner. „Man kann konstitutionelle Krankheiten nicht lokal zur Heilung bringen."

„Meine Mutter", sagte Sylvester leise, „litt an Brustkrebs. Sie ist wohl achtmal operiert worden. Ich war dazumal ein Kind. Ich konnte ihr nicht helfen. Sonst hätte ich den Ärzten die Messer aus der Hand geschlagen."

„Wie leichtsinnig", sagte Sybil, „sind die Ärzte hier oben mit ihren Verordnungen für Bettruhe. Eine winzige Temperaturerhöhung: gleich ins Bett. Das mag bei manchen Temperamenten seine Richtigkeit haben. Bei Phlegmatikern. Bei Melancholikern. Das Bett ist für den täglichen Tod, den Schlaf, da. Wie leicht birgt es den richtigen Tod."

„Mir hat immer der Tod Friedrichs des Großen als Beispiel eines Todes gegolten, wie er sein soll“, meinte Sylvester. „Er starb draußen im Freien, in der Sonne, unter grünen Bäumen im Lehnstuhl sitzend, den letzten Blick einer Schwalbe zugehaucht.“

„Einer hat einmal den ausgezeichneten Gedanken gehabt,“ flüsterte der Bulgare auf seinem Hocker, „die Tuberkuloseheilung auf die Basis der sogenannten Liegekur zu stellen; seitdem müssen alle Lungenkranken in den Lungenkurorten der ganzen Welt den ganzen Tag, ohne sich zu rühren, und ohne größtmögliche individuelle Einschränkung, auf den Liegehallen liegen. Als ich das erstemal nach Ansicht der Ärzte am Rand des Grabes wandelte, ging ich nicht ins Bett, sondern aufs Pferd. Ich ritt jeden Morgen in der Frühe meine zwei, drei Stunden und ritt mich wieder ins Leben zurück. Nichts macht einen so guter Laune wie Reiten. Ich bin von Leysin aus auf den Montblanc geklettert, als man mir den zweiten Tod prophezeite. Trotz meiner rasenden Energie bin ich durch die jahrelange Liegekur erschlafft und ermüdet. Ich brauche dann und wann eine Reaktion, um noch weiter zu können: eine Montblancbesteigung, ein dampfendes Pferd, eine Pfirsichbowle, ein junges Mädchen, einen Poker.“

„Die Ärzte bedenken nicht,“ sagte Sylvester verächtlich, „daß sie das, was sie auf der einen Seite gewinnen, auf der andern Seite wieder verlieren. Einer macht neun Jahre Kur und wird als geheilt entlassen. Seine Lunge ist faktisch geheilt. Gut. Wie aber steht es mit seinen übrigen leiblichen und seelischen Organen? Seine Nerven sind herunter. Seine Energie wie alter Kuchen zerbröselt. Er ist ein wachsweicher Klumpen angefressenen Fleisches. Zu keiner auch der geringsten Arbeit taugt er mehr. Er ist ethisch verlottert. Ein Parasit des Menschentums und zu nichts als seinem Tode noch verwendbar. Aber er stirbt, achtzig Jahre alt, an der ‚Dementia praecox‘.“

Der kleine Japaner wiegte den braunen Kokoskopf:

„Wir haben oben einen Griechen im Sanatorium. Er liegt schon fünf Jahre im Bett. Griechen haben außer ihm das Sanatorium bisher nicht frequentiert. Wenn sie schon nach Davos kamen, wußten sie wohl von ihrem Landsmann nichts oder dachten nicht an ihn. Da keiner mit ihm griechisch sprach, hat er in den fünf Jahren das Griechische, seine Muttersprache, vergessen. Deutsch hat er aber inzwischen bis auf einige Brocken auch nicht gelernt. So kann er keine Sprache, weder Griechisch noch Deutsch, und schwebt sprachlos in Zeit und Raum. Ich wollte ihm schon Japanisch beibringen.“

Sybil sah nach der winzigen Schwarzwälderuhr über ihrem Bett.

„Ihr müßt gehen,“ sagte sie freundlich, „ich erwarte den alten Ronken.“

Sie nahmen ihre Stöcke und gingen.

KAPITEL VII.

Der Weißbart mit dem Rotkehlchenkopf beklopfte Sybil mit seinem eleganten weichen Hammer.

„Mein liebes gnädiges Fräulein,“ zwitscherte er, „wir werden Sie röntgen müssen ...“

„Tut das weh?“ lächelte sie erschreckt, „ich habe Angst vor Schmerzen.“

„Es tut gar nicht weh. Es ist eine kurze, schmerzlose und beinahe unterhaltsame Angelegenheit. Wenn Sie sich so weit fühlen, daß Sie gehen können, kommen Sie zu mir ins Laboratorium. Oder nehmen Sie einen Schlitten.“ —

Sybil nahm einen Schlitten. Aber sie fuhr nicht ins Sanatorium, sondern bei Sylvester vor.

Sylvester lag grade auf dem Liegestuhl und schluckte Arsenikpillen, als der Kutscher auf die Veranda polterte:

„Das gnädige Fräulein Lindquist lassen den Herrn Doktor zu einer Spazierfahrt einladen." Er warf sich einen Schal um den Hals und fuhr im Lift herunter.

Eine kleine weiße Hand winkte ihm fröhlich.

„Sybil," sagte er, „Sie machen mich glücklich …"

„Wenn ich Sie nur glücklich machen könnte", sagte sie leise.

Sie sprach diese Worte so gesellschaftlich gleichgültig, daß Sylvester ihre Schwere nicht empfand. Vielleicht auch wollte er sie nicht empfinden.

Sie glitten durchs Dorf, dem See zu.

Eben lief aus dem Bahnhof Dorf ein Zug in der Richtung Landquart-Zürich.

„Möchten Sie", fragte Sybil, „mit dem Zug zurück in die Ebene … in den Glanz … in das Leben?"

Er schüttelte den Kopf.

„Ohne Sie?"

Sie schwieg.

Aus den Nüstern der Pferde schnob silberner Atem.

„Weshalb suchen Sie meine Freundschaft, Sylvester? Ich bin krank. Und eine Schauspielerin. Eines von beiden schon sollte genügen, Sie zu erschrecken.“

„Ich bin selber beides. Und noch ein drittes dazu, Sybil. Und also bin ich vielleicht kränker als Sie, Sybil. Ich bin ein Dichter und speie immer Blut.“

„Und ich weine Blut. Denn ich lebe mit den Augen ...“

„Und ich,“ sagte er bitter, „da ich Blut speie, lebe mit dem Mund ...“

Nebel schossen wie Skiläufer von den Bergen.

Sybil fröstelte.

„Ich habe schon wieder Fieber. Wir müssen kehrtmachen.“

Die Sonne schwamm über dem Nebel auf den obersten Bergspitzen, rosa, als lagerten Quallen auf den Gipfeln.

Früher ist doch hier überall Meer gewesen, sann Sylvester. Eigentlich wandeln wir auf dem Grund des Meeres. Davos ist Vineta, die verzauberte Stadt. Wir sind längst ertrunken, aber wir wandeln noch, als lebten wir, mit Perlen und goldenen Ketten behängt, über den Meergrund. Der Himmel wallt über uns, und die zarten Seesterne leuchten. Wir greifen mit den Händen in die Luft. Die ballt sich wie Wasser schwer um unsere Glieder. Wir vermögen unsere Hände nicht mehr zu bewegen. Und gehen können wir in der dicken Flut nur langsam, ganz langsam. Kurschritt. Und unsere Augen versuchen, bis zur Oberfläche des Meeres, bis zum Himmel zu dringen. Aber sie sind fast erblindet von dem vielen In-die-Höhe-stieren.

KAPITEL VIII.

Der naturwissenschaftliche Oberlehrer litt an offener Hauttuberkulose. An seiner linken Hand befand sich eine winzige weißliche Spalte, die hin und wieder eine weiße Flüssigkeit absonderte. Desgleichen hatte er an der linken Wange einen kaum bemerkbaren Einschnitt, der aussah, als rühre er von einem Stich mit einem Federmesser her. Übrigens wußte das niemand von den Herrschaften, die mit ihm zu Tisch saßen. Denn obgleich sie sämtlich an der Krankheit litten, hielten sie doch auf reinliche Scheidung von Haut- und Knochentuberkulose.

Der naturwissenschaftliche Oberlehrer hatte das sonderbarste Zimmer des ganzen Hauses inne.

Es kostete nur 6,50 Franken täglich, und darum hatte es der Oberlehrer gemietet.

Das Zimmer war fensterlos. Die Luke, die die Stelle des Fensters vertrat, ging auf einen grauen Korridor hinaus, von dem das Zimmer sein ganzes Licht empfing. Richtig gelüftet konnte das Zimmer nicht werden. Es roch, ja stank infolge der Jod-, Karbol- und anderen Tinkturen, die der naturwissenschaftliche Oberlehrer für seine offene Hauttuberkulose benötigte, pestilenzialisch. Das Zimmer mußte sich auch ohne Zentralheizung behelfen: es wurde von einem durchlaufenden Kamin geheizt. Den Kamin hatte sich der naturwissenschaftliche Oberlehrer mit allerlei Bildern benagelt, die in der Hauptsache dem kleinen Witzblatt entnommen waren. „Ich bin ein Mensch mit liberalen Ansichten", pflegte er zu sagen und dabei die Backen wie ein Seehund zu blähen.

Wie die hübsche Russin gerade auf ihn hereinfiel, ist schwer zu begreifen. Es waren doch mehrere angenehme Herren in der Pension „Schönblick" anzutreffen. Der Leutnant. Oder der schwäbische Virtuose Krampski, welcher von seinen Kompositionen behauptete, sie seien gar nicht „reizend", wie die abgetakelte Operettensängerin zu verbreiten sich erdreistete, sondern fabelhaft, phänomenal, puccinesk.

Der naturwissenschaftliche Oberlehrer, der stets nach Karbol roch und daheim drei unmündige Kinder und eine blasse sommersprossige Frau zu verwahren hatte, die einem ausgewrungenen Handtuch glich — er hielt das zarte hübsche Mädchen mit behaarten Affenhänden in seinen schweißigen Armen. Floh die kleine Russin vor sich selber zu ihm? Wollte sie sich peinigen, erniedrigen, bespeien? Sich leidend vernichten? Marternd erlösen? Was hatte die Krankheit aus ihr gemacht?

Eines Nachts trugen Männer auf leisen Filzsohlen die hübsche Russin aus dem Haus. Am nächsten Morgen hieß es am Frühstückstisch, sie sei abgereist.

Der naturwissenschaftliche Oberlehrer blieb den ganzen Tag zu Bett.

Er hätte Temperaturen, ließ er sagen, und bäte, ihm die Mahlzeiten aufs Zimmer zu bringen.

Aber die Mägde wollten das Essen nicht in seine stinkende Kammer tragen. Die Pneumo selber mußte es tun.

Der Desinfektor betrat wichtig mit seinem Instrumentenkasten das Zimmer der kleinen Russin, das plötzlich ein Stück leerer unausgefüllter Raum geworden war ohne Form und Inhalt. Wie ein Kinderballon, dem das Gas entströmt ist, lag es in sich zusammengefallen da.

Man fand einen Zettel auf dem Nachttisch, mit allerlei konfusen russischen Schriftzeichen bedeckt. Die Pneumo warf ihn nach einem kurzen achtlosen Blick beiseite. Auf dem Zettel aber standen diese russischen Verse:

Wenn der Dichter träumt, weinen die Mädchen,

Und im Morgenrot liegt die Blüte ihres Herzens betaut.

KAPITEL IX.

Lieber Harry!

Dank für Deine freundlichen Zeilen. Ich habe mich in den zwei Monaten, die ich nun wieder hier bin, recht gut eingelebt. Mißverstehe mich nicht: leben, das heißt hier: einer Protestversammlung Sterbender gegen den Tod angehören. Reden wie feurige Fahnen gegen einen Herrn schwingen, der unerkannt am Präsidententisch sitzt, und jederzeit die Glocke läuten kann. Dann ist einem im Nu das Wort (und der Hals wie mit einem Rasiermesser) abgeschnitten. Es sind Spiegel um einen aufgestellt. Man darf sich nur bespiegeln. In dem edlen Bulgaren. In der mütterlichen Pneumo. Dem taumelnden Thorax. Es gibt einen Spiegel, der heißt Klunkenbul. Dann sind noch vorhanden der Literat Pein, die Operettensängerin, der kleine Japaner, der Virtuose Krampski, der Leutnant. Einer taugt selbst zum Spiegel nicht: der naturwissenschaftliche Oberlehrer. In einer hübschen Russin bespiegelt man sich gern. Schließlich resigniert man, aus Furcht, den Spiegel blind zu machen. Da kommt der naturwissenschaftliche Oberlehrer und schmeißt mit tellergroßen Steinen in den Spiegel. Der zerbricht klirrend, klagend, anklagend. Aus einem der Scherben, die drei- und viereckig herausspringen, verfertigt der Oberlehrer sich einen Rasierspiegel und rasiert sich nun sein Leben lang vor diesem zarten Auge der Unendlichkeit seinen naturwissenschaftlichen Backenbart. Sybil ist kein Spiegel. Sie ist ein See. Selbst unser Schatten versinkt bei einem Blick in sie sofort in die Tiefe. Seit wieviel Jahren schon spiele ich das Spiel der Spiegel? Es sind sieben Jahre her, daß ich an beiderseitiger Rippenfellentzündung erkrankte und im Krankenhaus in Frankfurt an der Oder lag. Ich ging, ein Knabe von sechzehn Jahren, zur Rekonvaleszenz nach Locarno. Ich schlug zum erstenmal die Augen zum Himmel empor und sah die Madonna del Sasso auf dem Felsen schweben und San Bernardo über die Sonnenhügel schreiten. Auf Locarno folgten Borkum, Brückenberg, Gardone-Riviera, Arco, Swinemünde, Reichenhall, Arosa, Lugano, Davos, Wehrawald und wieder Davos. Überall lebte ich meiner Gesundheit, wie es so hübsch heißt. Aber lebte ich nicht meiner Krankheit? Ich erinnere mich eines Sanatoriums im Schwarzwald, da war unser Krankenpfleger und Masseur zugleich Totengräber des kleinen Dorfes. Man sah von den Liegehallen auf den Kirchhof. Ein freundliches Symbol. Bei mir verdichtet es sich noch: Kranker, Krankenpfleger und Totengräber bin ich in einer Person. —

Sybil wird hier im Kurtheater auftreten. Ich habe es ihr nicht ausreden können. Sie spielt die Frau im „Weib“. Der Literat Pein den Mann. Ich ... den Bruder. Wann ich wieder in München sein werde? Anfang Mai, falls Sybils Zustand sich nicht verschlimmert. Ich fürchte ... für mich. Grüße die Freunde.

Dein
Sylvester.

KAPITEL X.

Sybil lag auf ihrem Balkon und der ausgestopfte Papagei stand auf einem kleinen Tisch neben ihr. Sie lutschte an Kognakbohnen und warf dem toten Vogel hin und wieder eine zu.

„Friß, Vogel, oder werde lebendig!“

Sie blätterte in dem Rollenbuch des Schauspiels „Weib“ und studierte ihre Rolle als Frau. Das Schauspiel ließ nur drei Figuren agieren: die Frau, den Mann, den Bruder. Es war erdacht und wie man zugestehen muß theatralisch sehr geschickt verfertigt von dem Tiroler Dichter Korbinian Zirl, demselben, dem jenes bemerkenswerte Festspiel „Andreas Hofer“ zugeschrieben wird, das im Jubeljahre 1913 die

Herzen der Deutschen und Österreicher höher schlagen ließ. Im „Andreas Hofer" wie im „Weib" handelte es sich um eine äußerst lebendige Dialektik und um einen rasch bewegten Dialog, dort patriotisch, hier erotisch bezweckt. Das Schauspiel „Weib" war von sämtlichen bedeutenden Bühnen Deutschlands angenommen: in der bestimmten Erwartung eines klingenden Kassenerfolges. Im „Deutschen Theater" in Berlin verdiente sich der berühmte böhmische Komiker Zawadil Schnallenbaum als Mann die tragischen Sporen. Aber fast überall im Reich wurde das Stück aus Gründen der Sittlichkeit verboten. Katholische und protestantische Pfarrerverbände, Jünglingsvereine und Vereine zum Schutz alleinreisender junger Mädchen erließen langatmige Proteste gegen das „Weib". Selbst ein Rabbiner gab seiner Entrüstung in den Zionistischen Blättern Ausdruck. Der bekannte Zentrumsabgeordnete Dr. Aborterer sah in dem Schauspiel „Weib" eine schamlose Aufreizung zur Blutschande.

Sybil war von der Rolle der Frau entzückt.

Vielleicht meine letzte Rolle, dachte sie und warf dem toten Papagei wieder eine Kognakbohne zu. Wer wird nach mir das Weib spielen?

Sie hatte die Rolle im Deutschen Theater in Berlin bei der Premiere dargestellt und rauschenden Beifall geerntet.

Korbinian Zirl hatte ihr einen Lorbeerkranz mit einer himmelblauen Atlasschleife geschickt, darauf waren diese Worte in Gold gestickt:

Der dankbare Dichter seinem Weib.

Er hatte ihr auch persönlich die Hand gedrückt und sie in seinem treuherzigen Dialekt seiner Verbundenheit versichert:

„Grad himmlisch is g'w'en, Fräul'n … I hab beinah g'moant, i wär a Dichter …"

Die Vorstellung sollte am 19. Februar im Kurtheater stattfinden. Pein, unterstützt von dem helläugigen Naturburschen Dr. Buri, einem prächtigen Churer, der die Redaktion des „Davoser Intelligenzblattes" leitete, hatte eine eifrige Reklame entfaltet. Vor allem, weil er selber spielte.

„Unser Herr Alfons Pein", so hatte Dr. Buri im Intelligenzblatt in der Voranzeige schreiben müssen, „hat sich in liebenswürdiger Weise bereit erklärt, die Rolle des Mann im ‚Weib' zu übernehmen."

Fluchend warf Dr. Buri den Federhalter in den Aschenbecher, daß Tinte und Asche über das Manuskript sprühten.

„Chaibe.“

Er konnte Pein nicht ausstehen.

Dann schrieb er weiter:

„Eine besondere Attraktion haben wir mit Fräulein Sybil Lindquist von den Reinhardtbühnen Berlin gewonnen, die sich zur Zeit zum Kurgebrauch in Davos aufhält. Sie wird das Weib, das sie bei der Uraufführung in Berlin kreierte, verkörpern. Verkörpern wie es eben nur eine Sybil Lindquist vermag. Herr Sylvester Glonner, einer der Führer der jungdeutschen Dichtung, den Davosern im besonderen nicht unbekannt als Autor des groteskschwermütigen Davoser Romans ‚Die Krankheit‘, spielt die Rolle des Bruders. Der Vorverkauf hat begonnen. Versorge sich ein jeder rechtzeitig mit Karten, da ein großer Andrang zu erwarten steht.“

Seufzend legte Dr. Buri den Federhalter beiseite und zündete sich erleichtert seine Pfeife an.

KAPITEL XI.

Für den 19. Februar nachmittag waren auch die diesjährigen Skikjöring- und Pferderennen angesetzt.

Als Sybil die Ankündigung las, rief sie bei Sylvester telephonisch an:

„Sylvester …?"

„Sybil?"

„Sie müssen reiten …"

„Was muß ich?"

„Reiten müssen Sie. Sie sind doch gut zu Pferd."

„Was soll das?"

„Sie müssen am neunzehnten das Rennen mitreiten."

„Aber Sybil, welche Idee!"

„Meine Idee natürlich. Ich will, daß Sie den goldenen Davoser Pokal gewinnen."

„Was soll ich mit dem goldenen Davoser Pokal? Ich würde nicht aus ihm trinken dürfen, denn ich bekäme sofort Nierenschmerzen."

„Scherz beiseite, Sylvester. Ich will, daß Sie das Rennen gewinnen. Deshalb sollen Sie reiten. Ich werde auf Sie setzen beim Totalisator."

„Wann ist das Rennen?"

„Am neunzehnten."

„Aber da müssen wir ja den Abend spielen!"

„Oh, das macht doch nichts! Die Rennen sind um zwei. Um vier Uhr sind sie spätestens zu Ende. Da haben Sie genug Zeit, sich bis acht auszuruhen."

„Sybil, ich bitte Sie, wozu diese Spielerei. Ich habe an dem Schauspiel schon genug ..."

„Lieber Sylvester ... ich will Sie einmal *handeln* sehn ... Tun Sie einmal etwas! Handeln Sie einmal nicht künstlerisch künstlich, dichterisch, schauspielerisch. Handeln Sie einmal menschlich ..."

„Ich bin krank, Sybil ..."

„Überwinden Sie die Krankheit, Sylvester." Ihre Stimme klang flehend.

„Ich werde reiten, Sybil." —

Sylvester ging zu einem Schweizer Offizier, den er kannte und von dem er wußte, daß er das Rennen nicht reiten würde, der aber zwei Pferde laufen lassen wollte, und bat ihn, die „Miggi" reiten zu dürfen. In Graubünden heißen alle Pferde, alle Kühe, alle Katzen und alle Mädchen Miggi.

Als der bulgarische Offizier und Leutnant Rätten von Sylvesters wahnwitzigem Vorhaben hörten, schüttelten sie den Kopf; bestellten sich aber sofort telegraphisch Pferde aus Zürich. Auch der kleine Japaner wollte reiten.

Selbst der Thorax machte einen schwachen Versuch, sich als Jockei vorzustellen.

„Was meinst du, Grete," fragte er die Pneumo, „ob ich in vierzehn Tagen reiten lernte und ob ich es aushielte?"

„Kind," sagte sie zärtlich, „was du für böse Träume hast. Du leidest immer häufiger an Alpdrücken. Du mußt abends vor dem Zubettgehen einen frischen Apfel essen. Komm. Ich mache dir gleich einen zurecht ..."

KAPITEL XII.

Sylvester gewann mit Miggi I den goldenen Pokal von Davos.

Der Ausgang des Rennens rief beim Publikum eine ungeheure Aufregung hervor.

Sybil wurde halb ohnmächtig vom Platz getragen und mußte mit drei Flaschen Eau de Cologne bespritzt werden, ehe sie wieder zu sich kam.

Sylvester hob man auf die Schulter und trug ihn im Triumph in seine Pension.

Der Thorax war heilig beglückt.

Die Pneumo weinte Freude.

„Die reine Fata Morgana!" sagte Herr Klunkenbul und wußte wohl selbst nicht, was er meinte.

Sybil hatte ihr ganzes Geld beim Totalisator auf Sylvester gesetzt. Leider fiel die Quote sehr niedrig aus: 17:10, denn man hatte, nicht aus Sportlichkeit, aber aus Sensation oder Schwärmerei, auf den Dichter gesetzt.

Der Bulgare und der kleine Japaner gratulierten Sybil. Der Japaner überreichte ihr eine Orchidee.

„*Sie* haben das Rennen gewonnen", sagte der kluge, kleine Japaner.

Sybil zuckte die Achseln.

Sylvester lag angekleidet auf seinem Bett. Graues Schicksal: dem Wort zu dienen. Dem schwesterlichen Chaos. Den torkelnden Träumen. Als ob ich ein lebendiger Mensch würde, wenn ich auf einem lebendigen Pferd reite. Pferde tragen auch Schatten, oder, im Zirkus, hold uniformierte Affen auf ihrem Rücken. Was wiege ich eigentlich? Hundertacht Pfund. Das richtige Jockeigewicht. Was Sybil sich bei diesem Sieg denkt? Was habe ich gewonnen? Ein paar sensationelle Notizen in der Tagespresse. Mein Bild als Reiter in der „Woche", der „Berliner Illustrierten Zeitung" und im „Weltspiegel". Seewald wird mich als Reiter ernstkomisch in Holz schneiden und das schwarze Bild farbig betupfen. Denn man muß mich erst künstlich bunt machen. Ich bin so ermüdet, als hätte man mich zu Graubündner Fleisch geritten. Ich wage diesen Wahnsinn des heutigen Rittes, den Wahnsinn des abendlichen Schauspiels vor den erglühten Rampen. Würde ich wagen, Sybils Hand zu küssen? Nie.

KAPITEL XIII.

Die Vorstellung das „Weib" im Kurtheater ging vor ausverkauftem Hause in Szene. Nach dem Rennerfolg des Nachmittags war der Züricher Korrespondent des „Berliner Blattes" im Auto herbeigeeilt, um dem Schauspiel beizuwohnen und telegraphisch darüber nach Berlin zu berichten.

„Sensationelle Sache", sagte er zu Pein. Es war ein dicker jüdischer Herr mit einer Hornbrille, hinter der zwei grüne Eulenaugen hervorsahen.

„Die Lindquist ist schwer krank. Vielleicht stirbt sie auf der Bühne. Und dieser olympische Stern am Himmel des Turfs: Sylvester Glonner: als erstklassiger Dichter, erstklassiger Jockei, erstklassiger Schauspieler, wie?“

„Na“, sagte Pein und verabschiedete sich, verärgert, daß der Korrespondent sich nicht mit ihm befaßte.

„Altes Eisen,“ sagte der jüdische Herr zu Dr. Buri, als Pein gegangen war, „ich darf ihn beim besten Willen nicht mehr ernst nehmen. Als Schriftsteller meine ich. Als Schauspieler kenne ich ihn ja noch nicht. Aber diese mystischen Fatzkereien. Ekelhaft.“

„Schmierig“, meinte Dr. Buri. „Sie sind schmierig wie schlecht geputzte Stiefel. Sie sollen glänzen wie Lack, aber es ist beim Altwarenhändler billig erstandenes, rissiges Kalbsleder.“

„Übrigens wichst er sie zuviel, seine lyrischen Stiefel“, sagte der Korrespondent, den es beunruhigte, daß ein anderer in Bildern redete. „Dagegen der Glonner, mein Lieber: ein Talent. Ein großes Talent. Wir werden seinen nächsten Roman bringen, denn wir legen Wert auf ein literarisches Feuilleton.“

KAPITEL XIV.

Mann und Frau leben nebeneinander.

Die Frau haßt den Mann.

Entstellt von fürchterlichen Ausschlägen, den Geschwüren einer höllischen Krankheit, schleicht der Mann, zerrissen von Gier, hinter ihr her. Die Frau haßt den Mann, weil sie ihn einmal liebte.

Der Mann liebt die Frau, weil er sie einmal haßte.

Geduckt und gedrückt schleichen sie ihr Leben nebeneinander her.

Die Frau steht sanft wie ein Schachtelhalm im Sumpf.

Eines Tages betritt ein junger, blonder Mensch die verdüsterte Stube. Halb verdurstet. Halb verhungert. Mit zerrissenen Kleidern, zerbröckelten Schuhen. Er stützt sich auf einen selbstgeschnitzten Wanderstab. Eine Mundharmonika hängt ihm an einer Schnur um den Hals. Auf der bläst er, verschüchtert, ein paar Töne.

Der Mann ist ausgegangen.

Die Frau labt den jungen Vagabunden. Er legt seinen Ranzen ab und seinen Stab.

„Frau,“ sagt er, „hier möchte ich bleiben. Hier ist meine Heimat.“

„Ich habe einen Mann,“ sagt die Frau, „er ist ein Tier.“

„Ich werde ihn, wie die Indier giftige Schlangen, mit meiner Mundharmonika beschwören“, sagt der Blonde und bläst ein paar Töne.

Die Frau hat Tränen in den Augen.

„Warum weinst du?“ fragt der Blonde traurig.

„Ich habe seit vielen Jahren keine Musik gehört.“

„Keine Musik? Wie ist das möglich?“

„Mein Mann hat mir meine kleine Gitarre zerschlagen und alle Musikinstrumente, die er im Hause fand: meine kleine Mundharmonika, meine kleine Flöte.“

„Hörst du nicht zuweilen die Vögel singen?“

„Um unser Haus singen keine Vögel.“

„Warum verläßt du deinen Mann nicht?“

„Ich kenne keinen andern Mann ...“

„Hast du nicht vor Jahren einen Bruder besessen —?“

„Vor vielen Jahren —“

„der ging auf die Wanderschaft —"

„— und ließ nie wieder von sich hören —".

„Erinnerst du dich seiner?"

„Immer ..."

„Wann?"

„Immer und immer. Wenn der Frühling von den roten Märzwolken herniedersteigt, wie aus einem Flammenwagen. Wenn der Sommer die süßen Heudüfte in meine gierig geöffneten Nüstern treibt. Wenn die herbstlichen Früchte von den Bäumen fallen. Die Blätter sterbend ihr schwebendes Sein vergolden. Wenn der alte Winter im weißen Mantel knirschend durch den knackenden Wald ächzt. Immer und immer. Am grauen Morgen, am bleichen Mittag, am dämmerigen Abend, zu dunkler Nacht: immer und immer, zu jeder Stunde. Mit jedem Schlag des vogelhaften Herzens. In jedem Blick."

„Frau!"

„Junger Mensch!"

„Tu auf den Blick: Dein Bruder steht vor dir!"

 Sybil erblaßte.

Sie strich sich das blonde Haar aus der Stirn.

Sie lehnte sich an die Wand der Hütte.

„Sylvester!“

„Sybil!“

Sylvester fing die ohnmächtig Dahinsinkende in seinen Armen auf.

KAPITEL XV.

Beifall überfiel die offene Szene.

„Fabelhaft!“ sagte der dicke jüdische Herr mit der Hornbrille. Seine Eulenaugen schillerten.

Der Thorax, der in der ersten Reihe saß, zitterte.

„Sie sterben beide auf offener Szene“, bebte er.

Die Pneumo hatte Tränen in den Augen.

„Brava!“ rief ein Italiener wie wahnsinnig zu Sybil herauf. „Brava, brava! …“

Der Bulgare wischte sich mit einem kleinen seidenen Tuch, einem Geschenk Sybils, den Schweiß von der Stirn.

Er mußte sich zusammenreißen, um in keinen Wutanfall auszubrechen. Um nicht Schaum vor die Lippen zu kriegen.

„Das ist Krieg!" dachte er entsetzt, „da fließt Blut …"

Der kleine Japaner lächelte, freundlich interessiert.

Europäer … dachte er. Sie haben alle Hitze aus dem Äther in sich hineingesogen und verbrennen nun an- und ineinander unter einem kalten Himmel. In Japan trippeln unter einem heißen Himmel kalte Menschen auf Holzschuhen im klappernden Stakkato. Und ihre Liebe duftet weiß, kühl und weiß wie die Schneeblüte des Fushijama.

KAPITEL XVI.

Die Fastnacht galt in Davos als Freinacht. Sie unterlag in den Wirtshäusern keiner Polizeistunde.

In der Pension erschien ein jeder kostümiert zum Abendessen. Nach dem Abendessen wurde rote Bowle und Rosinenkuchen gereicht.

Der Thorax wütete als Sioux, die Skalpe seiner Gäste am Gürtel, atemlos durch den Saal. Er mußte sich alle Augenblicke setzen. Klunkenbul gebärdete sich als ägyptischer Magier: er hatte sich eine Decke vom Liegestuhl würdig um den Bauch geschlungen.

Die Operettensängerin, als Balletteuse bekleidet, hustete heftig. Sie konnte den parfümierten Duft der Opiumzigaretten, die Leutnant Parsifal Rätten rauchte, nicht vertragen. Für heute abend war das Rauchverbot in der Pension Schönblick aufgehoben. — Der schwäbische Violinvirtuose Krampski gab mit seiner Geige, der er häßliche Töne entlockte, einen italienischen Straßenmusikanten zum besten.

Der naturwissenschaftliche Oberlehrer hatte sich, weil es am billigsten war, eine Maske als Kostüm gewählt: Darwin. Er bemühte sich, einem blaukarierten fahrigen Dienstmädchen die Zuchtwahl klarzumachen.

Die Pneumo spielte eine japanische Geisha: hellgelb und violett.

Sylvester stürmte als Apache umher und hatte schon drei Gläser Bowle umgeworfen. Eine blaue Apachenbluse schlotterte um seine magere Brust. Um seinen Hals knüpfte sich ein blutroter Schal. Blutrote Strümpfe funkelten aus blauen, rauschenden Hosen. Eine Schirmmütze plattete seinen hohen Kopf ab.

Von den Eingeladenen bewegte sich der Bulgare in Nationaltracht, der Japaner als deutscher Ritter und Minnesänger in einer hastig klappernden Blechrüstung.

Sybil erschien als Sonne. In einem hellen, klaren Kleid.

Es wurde getanzt, gelacht, gesungen, gehustet und auf den Korridoren geküßt.

Um ein Uhr schrie einer: man müsse noch ins „Rößli" gehen, droben im Dorf. Dort sei Tanzmusik, das sei sicher sehr, sehr amüsant.

Man klatschte und brüllte Beifall.

Den Thorax zog man auf einem Rodelschlitten hinter sich drein.

Sylvester und Sybil sprangen dem Zug voraus, dem der Virtuose Krampski mit Chopins Trauermarsch aufspielte. Im „Rößli" empfing sie ein betäubender Lärm von Mund- und Ziehharmonikas und stampfenden Füßen. Italienische und schweizerische Arbeiter tanzten mit Dienst- und Ladenmädchen. Dazwischen einige Berliner Kurgäste, Saaltöchter und Soldaten. Eine Kokotte mit einem Greisenkopf, den üblen Hauch ihres verwesenden Mundes mit wildem Parfüm überduftend, hüpfte quer durch den Saal. Sie sang dazu die Marseillaise.

Der Wirt vom „Rößli" wies den Herrschaften von Schönblick einen bequemern Nebenraum an. Man gelangte von dort nach Belieben in den Saal zum Tanzen, hatte aber die Gelegenheit, unter sich zu bleiben.

Der kleine Japaner, der wie ein Klöppel an die Glocke seiner Rüstung schlug, ging in den Saal, das portugiesische Dienstmädchen zu suchen.

Ihm folgte Darwin mit der Balletteuse. Der ägyptische Magier. Der Straßenmusikant mit der blaukarierten Zofe und nach und nach die andern alle.

Sylvester, der Thorax, die Pneumo und Sybil blieben endlich allein zurück.

KAPITEL XVII.

„Sie müssen sich einen Pneumothorax machen lassen", sagte der Sioux und ging wie irrsinnig auf den Apachen los. Er zuckte als Dolch einen Fieberthermometer in der Hand.

„Aber ich bin an beiden Lungen krank", erwiderte der Apache höflich. Seine Schirmmütze war ihm so tief in die Stirne gerutscht, daß seine leicht entzündeten Augen gerade noch unter dem Schirm hervorsahen.

„Dann müssen Sie sich einen Pneumothorax an beiden Lungen machen lassen."

„Dann stürbe ich ... auf der Stelle."

„Das sollen Sie ja!"

Das Gesicht des Sioux, bronzen überschmiert, die Schminke von hellblauen Adern durchdrungen, verschönte sich. Es wurde zart, wie wenn er eine Hymne von Novalis las.

„Sie sollen ja sterben! Lebendig sterben! Deshalb sind Sie doch nur hier oben, um zu sterben. Lebendig zu sterben."

Sylvester grübelte: sagte Sybil nicht schon einmal Ähnliches?

„Sehen Sie", der Sioux konnte nicht mehr stehen und setzte sich stöhnend auf einen Stuhl, „es ist mir ein Genuß, Menschen sterben zu sehen. Mich selber kann ich natürlich nicht beobachten. Ich müßte immer in den Spiegel spähen ..."

Bin ich es, der da von Spiegeln spricht? befragte Sylvester sein übermüdetes Gehirn.

„Sehen Sie den naturwissenschaftlichen Oberlehrer, den hauttuberkulösen Darwin. Ein unangenehmer Mensch, mit einer monistischen Welt-, Wald- und Wiesenanschauung. Er stinkt entsetzlich, und die andern Gäste beschweren sich immer über ihn. Aber ich rieche ihn gern, den Geruch der Verwesung.“

Was ist das nun wieder? dachte Sylvester. Jetzt redet er wie Pein.

„Eines Nachts werden ihn die leisen Männer aus dem Haus tragen, und am nächsten Morgen wird es heißen, er sei abgereist. Ich stehe diese Nächte immer auf. Ich betrachte mir aufmerksam jede Leiche. Ein unbeschreiblicher Friede und die Gewißheit eines höhern Lebens glänzt um den Tod. Auf Erden ist doch immer Krieg.“

Jetzt scheint er der Bulgare, sann Sylvester, er späht aus tausend Seelen und spricht mit tausend Zungen.

„Ich sah auch die hübsche Russin sterben. Sie starb leicht. Wissen Sie, wen ich sterben sehen möchte? Sybil. Das muß so sein, als wenn die Sonne untergeht und ein erhabener Aspekt.“

Er hat Visionen, erschrak Sylvester, er prophezeit. —

Die Pneumo und Sybil tanzten leise nach einem Grammophon. Durch die schmutzigen Fenstervorhänge blinzelte schon der Morgen.

„Ich möchte jetzt lieber in einem Sarg als auf dem Liegestuhl liegen", sagte Sybil. „Aber die Kur beginnt schon wieder ... Ein neuer Tag. Er ist so alt wie alle neuen Tage."

Sylvester hatte sich neben den Sioux gesetzt, und beide sahen schweigend dem Tanz der Frauen zu.

Plötzlich hielt Sybil inne.

Sie sah nach dem Fenster, das bleich und übernächtig in den dämmernden Morgen stierte.

„Der Tag!" sagte sie.

Ein ewiger Schmerz zuckte im Herzschlag dieser hingehauchten Worte.

„Der Tag ..." wiederholte Sylvester für sich, „wessen Tag? Der meine nicht ..."

„Die Krankheit!" röchelte der Sioux.

Sybil zog den Vorhang zurück. Da brach der erste Strahl des Morgenrotes über die Berge. Aus Sybils Lippen, die kalkweiß erstarrt waren, lief ein dünner, glänzender Blutfaden wie eine rote Schlange.

Sie wandte sich lächelnd um: „Das Morgenrot!" und glitt sanft zu Boden.

KAPITEL XVIII.

Sylvester sprang sofort hinzu. Er trug sie auf das verschlissene violette Plüschsofa, das den Raum zierte.

„Ein Arzt!" brüllte plötzlich der Thorax.

„Bleiben Sie bei ihr!"

Die Pneumo nickte wortlos.

Sylvester rannte durch den Saal.

Da schlief in einer Ecke, an die Brust des portugiesischen Dienstmädchens gelehnt, der kleine Japaner.

Sylvester schüttelte ihn wach.

„Man braucht Sie! Man ist erkrankt!"

Der Japaner folgte. Seine Rüstung klapperte wie unzählige Blechbüchsen. Er legte das gelbe, mausähnliche Ohr an Sybils Herz.

Er faßte ihr den Puls.

Er sah ihr auf den Mund.

Dann zuckte er die Achseln.

„Bringen Sie sie sofort nach Hause. Ich werde ihr eine Kampfereinspritzung machen. Übrigens kann es sich nur darum handeln, das Leben um ein paar Stunden zu verlängern.“

„Das Sterben, meinen Sie“, sagte der Thorax. —

Ein Schlitten war in der Eile nicht aufzutreiben. Eben klingelte draußen der erste Tram, der nach Davos-Platz fuhr.

Sie schafften Sybil in den Tram, der von der sterbenden Sonne, dem Apachen, der Geisha, dem Ritter, dem portugiesischen Dienstmädchen und dem Sioux besetzt wurde.

Zum Glück lag Sybils Pension an der Promenade.

Der Tram konnte vor ihrer Wohnung halten.

Als sie in ihrem Bett lag, schlug sie die Augen auf.

„Bitte“, lächelte sie die Masken an, „verlassen Sie mich! Dank für Ihre Teilnahme an meinem Leben!“

Sie wehrte den Japaner ab.

„Ich brauche keine Einspritzung. Ich will Sylvester noch einmal sprechen.“

Die Masken gingen.

Der Apache blieb.

„Sylvester," sie legte alle Kraft ihres Herzens in ihren letzten Blick, „du letzter Tag meines Lebens!"

Er hielt ihre Hände. Sein roter Schal streifte ihre gläserne Stirn.

„Drück mir die Augen zu!"

Er fiel von einem Hammerschlag getroffen zermalmt an ihrem Bett zusammen. Er hörte um sich leere Worte plappern, und es schien ihm, als fange der tote Papagei, der auf dem Nachttisch stand, wieder zu sprechen an.

KAPITEL XIX.

Sylvester nahm Signor Bertolini, den Gärtner, mit an Sybils Grab.

„Pflanzen Sie einen Zitronenbaum auf ihr Grab. Einen blonden Baum."

Herr Bertolini spreizte die Hände und vibrierte:

„Herr ... wie können Sie glauben, daß ein Zitronenbaum in unserm Davoser Klima sich auch nur einen Tag, was sage ich, Tag, auch nur eine Stunde, eine Minute, eine Sekunde hält."

Sylvester blieb starr.

„Auf diesem Grabe wird sich ein Zitronenbaum halten, verlassen Sie sich darauf."

Herr Bertolini kreischte devot. Er suchte nach Argumenten, den Herrn von seinem Aberwitz zu überzeugen.

„Herr ... Herr ... die Dame war eine gebürtige Schwedin. In Schweden liebt man die Zitronenbäume nicht. Eine Silbertanne, Herr, wäre das Richtige oder eine Trauerweide."

„Tun Sie, was ich wünsche. Sie werden einen Zitronenbaum auf das Grab pflanzen. Es muß ein Baum sein, der Früchte trägt."

„Nicht *eine* Frucht wird er tragen", schrie der Gärtner und schlüpfte aus der Friedhofspforte.

Die Schiahörner schimmerten wie silberne Platten auf dem Metallblau des Himmels.

Eine glatte Marmortafel lag auf dem Grab. Darauf standen nur diese zwei Worte: Sybil Lindquist. Keine Altersangabe. Kein Geburts- und kein Todesdatum.

Die Tafel war von Sylvester, dem Thorax, der Pneumo, dem Bulgaren, dem Japaner und dem Leutnant gemeinsam gestiftet worden.

Noch späte Generationen, die betrachtend diesen Kirchhof durchwandeln, werden glauben, sie sei erst gestern gestorben.

Sylvester lag im Liegesack, der mit warmem, weichem Java-Kapok gefüttert und mit Schulterklappen und seitlichen Mufftaschen versehen war, auf seinem Privatbalkon.

Auf einem kleinen Tisch lag eine Photographie Sybils: eine nicht einmal besonders gelungene Ansichtskarte, die sie in einer ihrer Filmrollen als amerikanische Miß darstellte. Neben der Photographie eine Dettweiler Spuckflasche aus blauem Glase mit Metallsprungdeckel.

Von der Schatzalpbobbahn, die vor der Pension vorüberzog, klangen die eintönigen Rufe: Bob ... Bob ... Bob ... an sein durch wollene Ohrmuscheln vor der Kälte geschütztes Ohr. Und sie klangen hilfeheischend wie die Rufe von Ertrinkenden.

KAPITEL XX.

Mir ist, als käme ich aus dem Kriege, dachte Sylvester, als der Zug in Rorschach einlief. Hier ist also Friede. Und

Frühling. Kein Schnee, keine rosa Kälte mehr. Grün auf allen Hügeln, Knospen am braunen Gesträuch.

Ein warmer Abend hüllte ihn wie mit Pelzen ein. Kinder sprangen wie Kaskaden steinerne Stufen herunter. Mädchen zwitscherten unter den Laubengängen. Burschen lachten dröhnend.

Mit südlicher Gotik bezauberten ihn die alten bürgerlichen Gassen. Aus einem Restaurant, an dem ein Schild „Frohsinn“ angebracht war, tönte kleines Orchester. Ein Musikverein übte. Hohe Musik. Ein Ständchen von Pergolesi.

Ein Brunnen rauschte.

Ein dunkler Torbogen winkte. Geschweifter zogen die Gassen sich den Berg hinauf. Und Sylvester glaubte zu weinen, sinnlos an eine Laterne gebeugt.

Die Schiffsglocke läutete. Der Bodensee war in Dämmerung übergegangen. Noch blaute der Tag über Sylvester.

Er trat an den Bug.

Da stiegen Wolken von den Wassern auf wie Möwen, die nach Futter suchen.

Ich habe kein Brot bei mir, ihr dunstigen Vögel; und auch mein Herz ist schon zu zermürbt und von andern Vögeln

zerfressen, als daß ich es euch noch zum Fraß hinwerfen
könnte.

Es war Nacht geworden. Ein vielsterniges Gestirn
schwebte Lindau, in das der Dampfer wie ein Komet
flammend und rauchend rauschte.

Sylvester erwachte, als der Zug mit einem Ruck hielt.

Er blickte aus dem Fenster: Oberstaufen im Allgäu.

Hinter ihm, in der Richtung auf Lindau, drohten gelbe
Wolken. Sie waren wie Aeroplane einer fremden Macht
hinter ihm her, aber er war ihnen längst entflohn. Schon zog
der Zug wieder an und er ließ sie weiter, immer weiter
hinter sich.

KAPITEL XXI.

„Gehen wir in den Kino!" sagte Sylvester.

„In welchen?"

„In irgendeinen dreckigen Kinematographen der Vorstadt,
in dem der erste Platz dreißig Pfennig kostet, und in dem
man sich unbedingt eine Angina holt. — Gehen wir in den
Helioskino in der Sendlingerstraße." —

Am Eingang des Kinos hing ein riesiges zitronengelbes Plakat: ein bleicher, blonder Frauenkopf, der sich wie eine Narzissenblüte auf einem Stengel wiegte. „Narzissenblüte" hieß der Film, und das sollte den Namen des Mädchens symbolisieren, denn unten auf dem Plakat waren ein Negerboxer und ein brauner Herr im Zylinder, scheinbar ein englischer Viscount oder ein deutscher Graf, abgebildet; und es war offensichtlich, daß der Film auf einem Konflikt zwischen dem Neger und dem Weißen aufgebaut war. Ein Kampf zwischen Schwarz und Weiß um Blond.

Eine italienische Maronenverkäuferin hockte im Hausflur neben dem Kino.

Sylvester kaufte sich eine Tüte Maronen.

Harry sah einer schmalen Kellnerin nach.

„Ißt du das Zeug gern?"

Sylvester schüttelte den Kopf.

„Nein. Ich will mir nur die Hände an den heißen Kastanien wärmen." —

Die Leinwand flammte auf.

Aus einem hohen, palastartigen Hause, von Säulengängen und Lauben umgeben, trat eine schlanke, blonde Frau.

Sie trug ein weißes, mit schwarzen Borten eingefaßtes Sommerkleid und einen Biedermeierstrohhut mit Rosen garniert. Ein schwarzes Samtband schwang sich vom Hut hernieder um den zarten Hals.

Sie sah sich suchend um.

Stieß unruhig mit dem Sonnenschirm auf den Steinboden. Sie biß die Lippen aufeinander.

Nun glitt ihr Blick gradeaus.

Er blieb an Sylvester haften.

Sybil hatte Sylvester entdeckt.

Sylvester hielt den Atem an. Seine Schläfen sausten, seine Hände zitterten, die Muskeln ließen nach und die Kastanien rollten am Boden.

„Ruhe!" rief eine Stimme.

Jetzt setzte das Klavier ein. Ein melancholischer Operettenwalzer.

Sylvester marterte sich das Hirn:

Wird sie tanzen?

Da eilte von links ein eleganter junger Herr im Zylinder, Cutaway, in grauen Hosen mit schwarzer Biese, einen Stock mit Goldknopf schwenkend, auf sie zu.

Sie reichte ihm die Hand.

Ihre Unruhe war verschwunden.

Sie lächelte.

Der Herr winkte ... und ein Auto fuhr vor.

Der Chauffeur, ein schöner schwarzer Neger, öffnete äffisch grinsend den Wagenschlag.

Sybil stieg ein.

Der Herr folgte.

Nun knatterte das Auto an ... man sah es durch eine Parkallee von Pappeln fliegen ... nun glitt es in den Wald und war den Blicken aller hinter Bäumen entschwunden.

Sylvester stand auf.

 An seinen Schläfen hämmerte das Fieber. Der Schweiß stand ihm auf der Stirn.

„Gehen wir", sagte er. —

Der Neger wird sie besitzen, dachte er, als sie auf der Straße waren, und das Entsetzen übte schon wieder Macht über ihn. Man müßte ihn wie einen Hund über den Haufen schießen. Ach, ich bin nur ein Schatten des grauen, eleganten Herrn im Zylinder. Wenn man den Neger auf der Stelle niederknallt, wer soll dann den Wagen lenken? Wir würden in irgendeinen Chausseegraben sausen und uns den Schädel einschlagen. Unser Hirn würde auf die Bäume spritzen und auf Birkenzweigen im Winde wehen. Ein Kopf ohne Hirn ... ein Leben ohne Tod ... immerhin, es wäre zu erwägen ... und ... so süß zu hoffen ...

INHALT